Meghan N.

# La patinoire de rêve

Catalogage avant publication de Bibliothèque et Archives
nationales du Québec et Bibliothèque et Archives Canada

Bergeron, Alain M., 1957-

    La patinoire de rêve

    (Rire aux étoiles ; 3)
    (Série Virginie Vanelli ; 2)
    Pour enfants de 7 ans.

    ISBN 978-2-89591-035-0

    I. Couture, Geneviève, 1975- . II. Titre. III. Collection. IV. Collection :
Bergeron, Alain M., 1957- . Série Virginie Vanelli ; 2.

PS8553.E674P38 2007      jC843'.54      C2007-940472-3
PS9553.E674P38 2007


Tous droits réservés
Dépôts légaux : 1er trimestre 2007
Bibliothèque et Archives nationales du Québec
Bibliothèque et Archives Canada
ISBN 978-2-89591-035-0

Les éditions FouLire remercient la Société de développement des entreprises
culturelles du Québec (SODEC) pour son aide à l'édition et à la promotion.

Gouvernement du Québec – Programme de crédit d'impôt pour l'édition de livres –
gestion SODEC.

Les éditions FouLire remercient également le Conseil des Arts du Canada de l'aide
accordée à leur programme de publication.

IMPRIMÉ AU CANADA/PRINTED IN CANADA

ALAIN M. BERGERON

# La patinoire
# de rêve

Illustrations
Geneviève Couture

RIRE AUX
ÉTOILES

*À Yvon et Danielle,*

*ceux par qui les rêves se réalisent!*

# Sarah, l'idole

Comme bien des garçons de son école, Virginie Vanelli rêve de devenir un joueur de hockey... À l'opposé de beaucoup de ces garçons, son idole n'a pas pour prénom Sydney, Alexander, Mario ou Wayne, mais... Sarah.

– Je serai la prochaine Sarah Hoffman! claironne-t-elle à son meilleur ami, Manseau Grégoire.

La réponse de celui-ci est la même que celle des autres garçons de son âge :

– Qui ça, Double V ?

Double V pour Virginie Vanelli. C'est le surnom amical qu'utilise Manseau.

– Sarah Hoffman est la meilleure joueuse de hockey au monde! affirme-t-elle.

Elle a remporté des médailles d'or pour l'équipe canadienne lors des deux derniers Jeux olympiques d'hiver. En son honneur, Virginie Vanelli endosse le numéro 47 sur son chandail. C'est la vitesse à laquelle son idole a été chronométrée sur une patinoire: 47 kilomètres à l'heure.

– Ces messieurs millionnaires de la Ligue nationale de hockey atteignent environ 50 kilomètres à l'heure, se plaît à rappeler Virginie à tous ces ignares du sport féminin.

Sa grande admiration envers cette athlète remarquable se traduit aussi par la position qu'elle occupe sur la patinoire. Comme son idole, Virginie est défenseur. Les montées spectaculaires de Sarah Hoffman d'un bout à l'autre de la glace font désormais partie de la glorieuse histoire du hockey, tous sexes confondus.

Mais le tableau des comparaisons ne va pas bien loin. Entre les intentions et les capacités athlétiques de Virginie se creuse une tranchée infranchissable. Car la jeune fille de dix ans n'a rien d'une future Hoffman : elle peine à se tenir debout sur ses patins. Son bâton de hockey lui sert plutôt d'appui que d'instrument pour stopper les attaques ennemies ou pour lancer la rondelle.

Après l'école, les équipes se divisent sur la patinoire du quartier, et Virginie Vanelli est toujours la dernière choisie. Les deux capitaines la jouent à roche, papier, ciseaux... Le perdant devra accepter Virginie dans sa formation.

Tout le contraire de Sylvestre, son détestable voisin de pupitre. Si ses performances sont laborieuses en classe, il en va autrement les patins aux pieds. Il est l'agilité même, malgré sa corpulence. Il peut changer de direction presque aussi vite qu'un guépard aux trousses d'une gazelle. Et parfois, il fonce devant lui avec la subtilité d'un gros éléphant dans un magasin de porcelaine...

Virginie, elle, est d'une lenteur désespérante.

Elle ne glisse pas sur la glace… elle marche à petits pas. Elle n'a jamais compté un seul but dans ces rencontres. Si, par malheur, la rondelle touche la palette de son bâton, elle perd l'équilibre et tombe les fesses sur la glace.

– Ouille! Ouille! Ouille!

Parfois, Sylvestre pousse la moquerie jusqu'à lui lancer la rondelle simplement pour la voir s'écraser.

– Pour toi, W! la nargue-t-il.

Son esprit primaire n'a pas saisi la subtilité du surnom de Virginie: Double V n'est pas W… C'est la galère pour Virginie, qui doit se remettre debout sur ses patins. Manseau lui offre son aide.

– Demain, je te donnerai des cours de patin, mais pas ici…

– Tu ne perds rien pour attendre, Sylvestre! crie Virginie, s'accrochant péniblement à Manseau.

– Dans tes rêves! maugrée le garçon après avoir compté son sixième but de la partie.

# Sur le lac gelé

Virginie marche d'un pas alerte, le bâton sur son épaule. Ses patins y sont accrochés par leurs lacets noués. Elle rejoint son ami Manseau sur un lac gelé de modeste dimension, à la sortie de la ville. À l'abri des regards indiscrets, elle sera plus à l'aise pour améliorer son coup de patin et son maniement de la rondelle.

Manseau lui mentionne les aspects de son jeu qu'elle doit travailler.

– Oui, oui ! Je sais tout ça, soupire-t-elle, agacée.

Au-dessus d'eux, dans le ciel d'un bleu parfait, passe une bruyante volée d'outardes. Subitement, les oiseaux se divisent pour former deux lettres V.

– T'as vu ça, Double V? s'exclame son ami. C'est comme s'ils te saluaient!

– Oui! Quel endroit merveilleux! s'extasie Virginie en prenant un grand bol d'air pur et frais.

– Eh! il n'y a rien de trop beau pour la future Sarah Hoffman!

D'un élan, le garçon saute sur la glace et donne quelques rapides coups de patin. Virginie apprécie son aisance et savoure le bruit des lames qui fendent la surface. C'est un son qu'elle adore mais qu'elle ne peut reproduire.

Manseau prodigue ses conseils avec patience. Virginie est une bonne élève, elle écoute attentivement. Toutefois, quand vient le temps d'exécuter des mouvements, les choses se compliquent.

Si son amie se décourage, Manseau la taquine et évoque une éventuelle carrière... au Scrabble. Il n'en faut pas plus à Virginie pour se découvrir une nouvelle motivation. Mais il suffit d'un rien pour qu'elle perde sa concentration et, du même coup, tous ses moyens.

– Ne te laisse pas distraire, Virginie !
la prévient Manseau.

– Distraire par quoi ?

Elle lève les yeux et, l'instant
d'après, ses patins se croisent et elle
chute sur la patinoire. Encore une
fois, son postérieur lui sert de piètre
amortisseur.

– Ouille ! Ouille ! Ouille !

Si, pour Virginie, la glace naturelle
est plus belle, elle lui paraît aussi…
plus dure !

*** 

Ce qui a dérangé Virginie, c'est
qu'elle et Manseau ne sont plus seuls.
Venus de nulle part, une dizaine de
jeunes hockeyeurs foulent la patinoire.
Le plus grand garçon du groupe
s'avance vers eux.

– C'est magnifique, ici. Je m'appelle
Laurent. Est-ce qu'on peut se joindre

à vous? On a apporté nos filets. On pourrait diviser les équipes, propose-t-il.

Virginie est contrariée. Elle n'a pas l'intention de montrer ses «talents» à des étrangers… qui ont l'air de savoir jouer, à en juger par les savantes et habiles manœuvres qu'ils exécutent.

– Euh…, commence Manseau.

– Non. Vous avez toute la place, tranche Virginie, mal à l'aise devant le jeune inconnu.

Elle remarque ses vieux patins, son bâton aussi droit qu'un peigne, le lacet au col de son chandail de laine bleu, blanc et rouge, avec le numéro 4 au dos, ainsi que sa tuque rouge d'une autre époque. Ses compagnons sont vêtus comme lui. Curieuse mode…

– Dommage… Il nous manque des joueurs, insiste Laurent.

Il se retourne en direction de son groupe. En même temps, Manseau se penche pour ramasser sa rondelle.

– Oui, dommage, murmure une voix caverneuse à l'oreille de Virginie. J'aurais aimé te voir disputer une partie de hockey.

Quiconque observe la scène de loin pourrait croire qu'un étrange oiseau mauve voltige autour d'elle. Mais Virginie connaît trop bien cette voix ; elle sait que ce n'est pas le cas. C'est sa peluche, Goki, un hippopotame mauve version miniature, reçu en héritage de sa grand-mère Valérie pour

son dixième anniversaire de naissance. Goki venait avec un capteur de rêves et un pyjama beige, rapiécé, avec de gros boutons à l'avant...

Comme celui qu'elle porte présentement!

– Non, ce n'est pas possible, dit-elle en secouant la tête.

Elle aurait dû s'en douter. Un environnement idéal. La présence d'outardes, en plein hiver, dont le vol compose les initiales de son nom. Tout ça était trop beau pour être vrai... La vue de Goki, dissimulé derrière la pelle, confirme ses soupçons.

– Je rêve!

# Le capitaine Laurent

Virginie Vanelli a cette étonnante capacité d'intervenir dans le monde des rêves grâce à la clé des songes. C'est un don qu'avait également sa grand-mère, Valérie Vanelli. Les deux lettres V, brodées en or, côté cœur, sur son pyjama, sont le rappel de cette parenté. Pour réussir, Virginie doit se « réveiller » dans son rêve. La peluche Goki, qui vole en faisant tournoyer sa queue, est l'un des indices lui permettant de s'apercevoir qu'elle n'est pas dans la réalité.

Tandis que Manseau discute avec les membres du groupe, Virginie s'approche de Goki.

– Qu'est-ce que je fais ici, en pyjama, avec une bande de gars? C'est un vrai cauchemar! gronde-t-elle. Je n'ai jamais eu aussi honte…

– Hep! Wirginie Wanelli! As-tu peur de m'affronter? hurle tout à coup un nouveau joueur.

– Pas Sylvestre! s'emporte-t-elle en voyant s'avancer le garçon qu'elle déteste le plus au monde. Pas jusque dans mes rêves! Il ne me laisse pas tranquille, celui-là! Autant me réveiller tout de suite, dans mon lit. J'ai froid aux pieds, de toute façon.

Elle approche son pouce et son index de son bras. Son intention est évidente, mais Goki s'interpose :

– Non, non, ne te pince pas !

– Qu'est-ce qui m'en empêcherait ? demande Virginie, l'air frondeur. Toi ?

– Non ! réplique Goki. Tu veux être la meilleure joueuse au monde, n'est-ce pas ?

– Et alors ?

– Dans les rêves, reprend la peluche en dévoilant son sourire à quatre dents, ce que tu crois peut devenir ton monde...

Les joueurs se divisent en deux équipes. Manseau a décidé de participer au match.

– Tu seras aussi bonne que tu te l'imagineras, lui explique Goki.

L'idée séduit Virginie. Elle accepte.

– Tu pourrais te changer, par contre, suggère la peluche.

Virginie rougit. Elle se concentre et se voit habillée non plus de son pyjama rapiécé mais d'un pantalon et de son chandail de hockey.

– Ah! là, je suis plus décente...

Elle rejoint le groupe d'un seul coup de patin qui la surprend elle-même.

– Ne m'oubliez pas!

– Je te choisis, déclare le capitaine Laurent. Il me faut un bon joueur à la défense.

– Je te plains, crache Sylvestre avec mépris à l'égard de Virginie.

– On joue ou on parle ? dit Laurent à la ronde.

Le cri lancé par les joueurs est sans équivoque.

– Au jeu !

# La meilleure joueuse au monde !

À l'aise pour la première fois de sa vie sur des patins, Virginie goûte chaque seconde de la partie. Elle se surprend à filer à vive allure sur la patinoire, à effectuer de belles passes à ses coéquipiers, à arrêter des attaques.

Elle salue discrètement Goki d'un signe de tête. Sylvestre en profite pour lui voler la rondelle.

– Arrête de rêvasser, Wirginie ! aboie-t-il.

Il s'échappe, fin seul, vers le gardien de but. Réagissant à la vitesse de l'éclair, Virginie se propulse derrière Sylvestre. Au moment où celui-ci veut lancer, elle soulève son bâton et lui soutire la rondelle à l'aide d'une savante manœuvre.

Sylvestre maudit Virginie, mais elle n'y prête guère attention. Convaincue cette fois qu'elle est la nouvelle Sarah Hoffman, elle explose sur la patinoire ; elle la traverse en quelques secondes. Comme son idole, elle transporte la rondelle d'un bout à l'autre, déjouant aisément ses adversaires. Elle effectue un redoutable tir des poignets – l'arme favorite de Hoffman – et marque le troisième but de son équipe.

Le pointage est égal 3-3. Mais pas pour longtemps.

Dès la reprise du jeu, le capitaine Laurent envoie la rondelle à Virginie, de retour à son poste. Sans une seconde d'hésitation, elle démarre en trombe en direction du territoire ennemi. Dans l'autre camp, les joueurs ne peuvent la stopper tellement elle est rapide. Face à Sylvestre, qui se dresse tel un mur, elle feinte vers la droite, vire à gauche, lui faufile la rondelle entre les patins. Il en perd l'équilibre et se retrouve les quatre fers en l'air.

Goki éclate de rire.

– Bon pour lui ! Go, Virginie ! Go !

Le temps de dire ouf et la rondelle est logée dans le but. La partie se termine sur cette note spectaculaire. Les bras au ciel, Virginie Vanelli manifeste sa joie. Elle est la reine du lac glacé. Elle leur a fait la barbe, à ces garçons, même s'ils sont tous imberbes ! Elle pense à Sarah Hoffman : son idole doit éprouver souvent cette sensation extraordinaire.

Peu lui importe qu'il s'agisse d'un rêve. Pour elle, ces événements constituent sa réalité, car elle les vit pleinement.

Les membres de son équipe patinent vers elle, heureux de son exploit. Pour fêter l'héroïne du match, ils la hissent sur leurs épaules. Un pur sentiment de bonheur envahit Virginie Vanelli.

De sa position surélevée, elle repère Sylvestre qui sort la rondelle de son but. Furieux que son club ait perdu, il la frappe au loin, à l'autre bout du lac.

– Ma rondelle! se fâche Laurent qui observait lui aussi la scène.

– Va la chercher ! riposte Sylvestre en déguerpissant des lieux.

– Je dois y aller, explique le capitaine. Elle m'a été donnée par mon idole, Jean Béliveau, qui l'a autographiée.

Le grand gaillard quitte le groupe pour aller cueillir son précieux souvenir. Manseau avertit son amie.

– Il court un danger ; la glace est mince de ce côté du lac !

Tout s'éclaire dans l'esprit de Virginie. Le match de hockey n'était qu'un prétexte, qu'un simple amusement. Elle ne comprenait pas pourquoi elle recevait tous ces honneurs, pourquoi elle ressentait ces émotions si agréables… Il y a un prix à payer… Une mission qui découle de son étrange pouvoir.

Elle veut prévenir Laurent, mais aucun son ne sort de sa gorge. Un tourbillon s'empare d'elle. L'éclat de

la neige s'évanouit. Le bleu parfait du ciel s'assombrit, comme si la nuit tombait brutalement.

C'est sans surprise que Virginie se réveille dans son lit. Les coups de langue répétés de son chien Bingo, le beagle des Vanelli, l'ont fait émerger de son rêve. Il gémit pour lui signaler qu'il doit sortir. À le voir se dandiner, le besoin semble urgent.

Comme si elle avait raté la fin d'un film, Virginie grogne sa frustration. Elle lance les couvertures et, d'un pas rageur, traverse sa chambre, puis le couloir de la maison. Elle ouvre la porte et résiste à l'envie de la claquer. L'horloge lumineuse dans le salon lui indique qu'il est 5 h 10 du matin. Le chien se précipite vers l'arbre le plus près et il l'arrose généreusement. Au bout d'une minute, Bingo rentre et accompagne Virginie dans sa chambre. Elle allume la lumière et attrape le cahier et le crayon sur sa table de chevet. Elle entreprend d'écrire les principaux épisodes de sa nuit.

– Au moins, ça, je ne l'oublierai pas, dit-elle à sa peluche Goki, inanimée sur son oreiller.

Elle éteint la lumière. Elle souhaite désespérément reprendre son rêve là où il a été interrompu. Sauf que son esprit est trop alerte, elle ne parvient même pas à s'assoupir. Qui est ce capitaine Laurent ? Pourquoi Jean Béliveau est-il son idole ? Et tous ces autres joueurs, vêtus étrangement ? De quelle manière ce rêve se traduira-t-il dans son quotidien ? Deviendra-t-elle aussi bonne que Sarah Hoffman ?

Trop de questions pour lesquelles elle n'a pas de réponse.

Elle en parlera à Manseau tout à l'heure...

# Du rêve... à la réalité

Chemin faisant vers la patinoire du quartier, Manseau et Virginie discutent de son rêve. Le garçon est attentif à ce que lui raconte son amie, surtout depuis qu'elle a sauvé la vie d'un enfant de la maternelle d'une mort certaine[1]. Il est le seul à connaître l'étrange don de Virginie Vanelli.

– Je ne sais pas à quel lac tu fais allusion. Le seul endroit où je patine, c'est ici, dans le quartier, précise Manseau.

1. Voir *La clé des songes.*

– Mais c'est toi qui m'as conduite là, plaide Virginie.

Manseau hausse les épaules.

– Toi, tu m'as peut-être vu dans ton rêve, Double V ; mais moi, le seul détail que j'ai de ma nuit, c'est que je courais en sous-vêtements dans un centre commercial, la veille de Noël...

– Est-ce que j'y étais ? s'enquiert Virginie, amusée.

– Non ! T'étais occupée à jouer au hockey ! rétorque Manseau, du tac au tac.

Les deux amis éclatent de rire.

– Combien de buts as-tu marqués la nuit dernière ? interroge Manseau.

Virginie hésite.

– Euh... j'ai arrêté de compter après huit, ment-elle. J'en aurais eu plus si je ne t'avais pas fait autant de belles passes directement sur ta palette.

– Huit? répète Manseau avec un sifflement admiratif. Une vraie Sarah Hoffman. Dommage qu'il n'y ait pas eu de témoins.

– Il y en avait, des témoins, Manseau Grégoire, bougonne Virginie. Ils ont seulement la mémoire courte.

Ils pénètrent dans le chalet pour enfiler leurs patins.

– T'es encore là, Wirginie Wanelli? raille Sylvestre, assis dans un coin de la pièce. Tu ne comprends pas vite.

– T'étais moins vantard l'autre nuit, rouspète Virginie.

– Oooouuuh! Que s'est-il passé, l'autre nuit? souligne quelqu'un.

Les taquineries fusent de toutes parts. Tant Sylvestre que Virginie se rembrunissent.

– Ce n'était pas nécessaire, Double V, lui reproche Manseau.

Ils se hâtent de mettre leurs patins. Devant eux, deux élèves discutent de l'identité d'un invité de marque qui viendra bientôt à l'école. Il s'agirait d'un ancien joueur du Canadien de Montréal.

– Je te dis que c'est Maurice Richard, prétend l'un.

– Impossible, objecte l'autre, il est mort!

– N'importe quoi! Je l'ai vu au cinéma la semaine dernière!

Avant de sauter sur la glace, Virginie tente de se convaincre qu'elle peut y arriver avec autant de facilité que dans son rêve.

«Ce que tu crois peut devenir ton monde», a dit Goki.

– Je crois que je suis la prochaine Sarah Hoffman. Je crois que je suis la prochaine Sarah Hoffman, chuchote-t-elle, déterminée, les dents serrées. Sylvestre aura la surprise de sa vie...

Virginie avance un patin. Ça y est! Ses exploits en rêve deviennent réalité! Elle va leur montrer à tous ce dont elle est capable...

– Ouille! Ouille! Ouille!

Virginie s'étale de tout son long. Sylvestre se dirige à toute vapeur vers elle, puis freine brusquement à ses côtés. Il lui envoie un nuage de neige en plein visage.

– Voilà de quoi te rafraîchir les idées! Ce n'est pas le temps de te refaire une laideur devant la glace, Wirginie Wanelli!

# Danger : glace mince !

Avant de fermer la lumière de sa lampe de chevet pour se coucher, Virginie relit la description du rêve qu'elle a fait il y a déjà plus d'une semaine.

Aucune suite n'a été notée dans son cahier. Elle a espéré, soir après soir, pouvoir s'endormir et continuer son histoire là où elle était rendue. En vain. Le capteur de rêves, le pyjama de grand-mère Valérie, même la peluche Goki n'ont eu aucun effet.

Ce qui l'intrigue, c'est qu'elle ne trouve pas, dans la réalité, le reflet de son rêve. Elle n'a pu établir de lien avec sa vie de tous les jours. Manseau et elle ont été incapables de dénicher le lac glacé. Virginie s'est rendue régulièrement à la patinoire du quartier après l'école, espérant y voir apparaître le grand Laurent, mais en vain.

Elle en est venue à croire que son rêve était tout simplement... un rêve!

C'est dans cet état d'esprit qu'elle s'endort. Elle prend mentalement une note: permettre à son chien Bingo de dormir dans sa chambre la nuit prochaine. Pour l'instant, il dérange le sommeil d'Hubert, son ado de frère.

Virginie se dit soudain qu'elle a oublié de fermer la fenêtre. Elle sent l'air hivernal sur sa joue. Lorsqu'elle ouvre les yeux, l'éclat de la neige l'aveugle presque. Son équilibre est précaire, car elle est juchée sur les épaules des joueurs.

Elle est « revenue » !

Du coin de l'œil, elle observe Laurent, parti récupérer sa rondelle autographiée, projetée au loin par un Sylvestre frustré.

Cette fois, Virginie parvient à crier :

– Non ! La glace est mince !

Mais le garçon est trop éloigné pour l'entendre. Virginie exige qu'on la redescende. Elle s'élance immédiatement sur les talons de l'autre. Les joueurs la suivent, mais ne peuvent soutenir son rythme

infernal. Virginie évalue sa vitesse à…
47 kilomètres à l'heure, tout comme son
idole Sarah Hoffman.

– Plus vite! la supplie Goki, qui
voltige à ses côtés.

– Comme si c'était possible, se
défend Virginie.

Elle reporte son regard vers l'avant.

– Freine! lui ordonne Goki.

Virginie s'exécute à temps. Elle
arrose de neige une pancarte sur
laquelle il est écrit *Glace mince*.

Horreur! La grande silhouette de
Laurent a diminué de moitié. Le garçon
est enfoncé dans l'eau froide jusqu'à la
taille. Ses longs bras sont étendus sur
la glace. Dans sa main droite, il tient
fermement sa précieuse rondelle.

– Ne va pas plus loin, recommande-
t-il à Virginie d'un ton qu'il veut calme,
mais où pointe l'inquiétude.

Autour de lui, la glace est fracassée. Les autres joueurs rejoignent Virginie et poussent une clameur d'effroi.

Goki s'est réfugié aux abords de la pancarte pour conseiller Virginie.

– Toi seule peux le sauver, lui dit-il. Il y a urgence : l'hypothermie le guette.

Rapidement, elle soumet une idée aux autres.

– Puisque je suis la plus petite, je vais m'étendre sur la glace. Mon poids sera mieux réparti et je lui tendrai mon bâton pour le tirer de là.

Manseau l'assure qu'il va rester derrière elle et qu'il ne l'abandonnera pas.

Laurent ne bouge plus, de crainte que ses mouvements ne brisent davantage la surface. Il se contente de maintenir ses bras dessus. L'exercice est laborieux. Ses lèvres sont bleues ; il claque des dents. Virginie n'a plus le

choix, sinon le garçon risque de perdre prise et de couler à pic.

Nerveuse, elle s'étend de tout son long et se met à ramper avec grande prudence. Des craquements se font entendre autour d'elle, mais elle persévère. Elle essaie de ralentir les battements fous de son cœur, sans succès. Une fois à la portée de Laurent, elle tend son bâton de hockey dans sa direction. Avec difficulté, car il ne cesse de grelotter, il agrippe la palette d'une main. De l'autre, il tient toujours sa fameuse rondelle. Il plonge ses yeux gris perçants dans les siens ; Virginie y lit le désespoir. Elle réalise qu'elle est sa seule chance.

– Accroche-toi, Laurent !

– Attention ! l'avertit Manseau.

Un nouveau craquement témoigne de la formation d'une longue fissure dans la glace, obligeant Virginie à l'immobilité. En position précaire, elle sent qu'on lui empoigne les chevilles.

— Allez-y! commande Manseau. Tirez!

Une chaîne humaine s'est formée. Virginie est entraînée vers l'arrière. Avec soulagement, elle constate que Laurent a tenu bon. Il a ses deux mains sur la palette. La rondelle? Elle est entre ses dents!

Au bout d'interminables secondes, Virginie et Laurent sont ramenés en toute sécurité au-delà de l'écriteau.

— Tu es la meilleure, Virginie! l'applaudit Goki au passage.

— On a réussi! s'écrie Manseau.

Un bruit strident écorche les tympans de Virginie.

— Mais qu'est-ce qui se passe? s'inquiète-t-elle, les mains sur les oreilles, en quête d'une réponse du côté de Goki.

Elle entrevoit les joueurs en train de retirer leurs gilets pour réchauffer leur capitaine glacé.

L'instant d'après, Virginie rage, blottie sous les couvertures de son lit. Elle identifie la source du bruit strident : l'alarme de son réveil. Pourtant, il est 4 h du matin.

– Une autre mauvaise blague d'Hubert, mon imbécile d'ado de frère, peste-t-elle.

La jeune fille fait taire la sonnerie et ouvre la lumière. Elle s'empresse d'écrire

le récit frais à sa mémoire dans son cahier des rêves.

# De la grande visite

– T'aurais pu nous aider cette nuit au lieu de t'enfuir. Tu n'es qu'un lâche, marmonne Virginie à son voisin de pupitre, Sylvestre.

– Tu sais que t'es cinglée ? grince-t-il.

– Ouais, une chance que j'étais là, ajoute Manseau, à qui Virginie a déjà raconté la conclusion de son rêve.

– Je corrige : vous êtes cinglés tous les deux !

Virginie et Manseau échangent un sourire complice. Leur professeure, Manon Comtois, ramène tout son monde à l'ordre. Un invité très spécial attend dans le couloir qu'elle le présente.

– Mes chers élèves, vous êtes plusieurs à aimer le hockey. J'ai voulu vous faire une surprise. Aujourd'hui, c'est avec beaucoup de plaisir et d'émotion que je vous présente un ancien joueur du Canadien de Montréal…

– Sarah Hoffman, ironise Sylvestre.

– Crétin, souffle Virginie.

– Voici mon héros… mon père!

Des applaudissements fusent dans la classe tandis qu'un homme aux cheveux blancs fait son entrée. Il est d'une taille imposante, a un visage à peine ridé, illuminé par des yeux gris perçants.

Ce regard…

«Non, se dit Virginie, troublée. Ce n'est pas possible… Pas ici!»

D'un ton très calme, monsieur Comtois raconte aux élèves que sa carrière dans la Ligue nationale de hockey a été courte : à peine quelques matches avec le Canadien de Montréal lors d'un début de saison. Il a été blessé gravement à un genou et a préféré accrocher ses patins pour consacrer ses énergies aux études. Il est maintenant infirmier à l'hôpital régional.

Tout en parlant à l'ensemble des élèves, ses yeux reviennent sans cesse à Virginie, assise devant lui. Cherche-t-il un écho à un lointain souvenir ?

– Je n'ai aucun regret. J'ai même eu la chance de concrétiser l'un de mes rêves, soit celui de jouer en compagnie de mon idole...

Il se tait et fixe la jeune élève.

– Ça alors... Ben ça alors ! répète-t-il, estomaqué, comme s'il venait de rencontrer un fantôme.

Il la dévisage longuement.

– C'est vrai qu'elle est laide, approuve Sylvestre.

Monsieur Comtois et Virginie ignorent la remarque.

– Mon Dieu, si tu savais…

Oui, Virginie sait…

Elle l'écoute lui relater qu'il a failli mourir plus jeune. La glace du lac sur lequel il jouait au hockey s'est brisée. Il a été sauvé d'une mort certaine par une fille qui lui ressemblait en tous points. Il n'a jamais su son nom, car il ne l'a plus revue. Il l'a cherchée longtemps, mais n'a pas pu lui exprimer toute sa gratitude.

– C'est si frais dans ma mémoire que j'ai l'impression que c'était hier!

Virginie tente de rester de marbre. «Oui! pense-t-elle. C'était hier pour moi aussi.»

Manseau note avec douceur :

— Si vous la remerciez, c'est comme si vous vous adressiez à cette fille qui vous a sauvé, monsieur Comtois...

— Tu as raison, mon garçon, acquiesce l'homme, qui s'attarde sur le nom écrit devant le pupitre. Moi, Laurent, je te dis : merci... Virginie Vanelli !

Virginie est émue aux larmes. Elle aurait le goût de l'interroger sur les talents de hockeyeur de cette fille qui l'a sauvé. Comme s'il avait lu dans ses pensées, Laurent Comtois confie :

— Je ne connaissais pas son nom, mais elle était tout un joueur de hockey. Son coup de patin était de la dynamite !

Sylvestre s'apprête à proférer une platitude. Manon lui pose la main sur l'épaule. Pas question de briser un si beau moment dans sa classe.

— Tout ça pour une rondelle de hockey, réfléchit monsieur Comtois.

– Oui, mais une rondelle signée par Jean Béliveau. Ce n'est pas rien! fait valoir Manseau Grégoire.

– Qui t'a dit que Jean Béliveau l'avait autographiée? s'étonne monsieur Comtois.

– Ben... euh... vous n'en avez pas parlé, tout à l'heure?

– Non, je n'en ai pas glissé un mot jusqu'ici.

Manseau hausse les épaules.

– Ah! c'est Virginie qui...

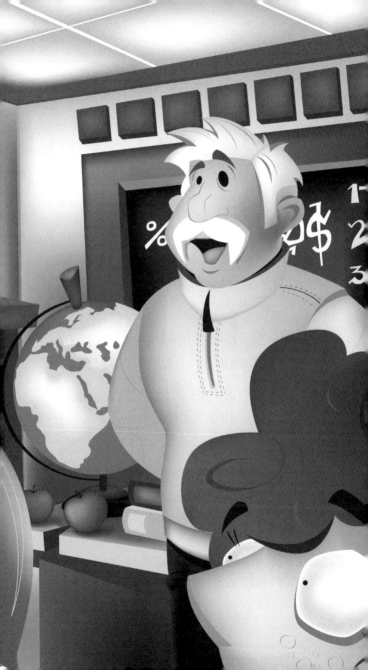

Devant l'air outré de son amie, il se rend compte qu'il s'est mis les pieds dans les plats jusqu'aux genoux.

– Mais je suis mieux de me taire…

Laurent Comtois fixe de nouveau Virginie.

– Comment as-tu pu deviner ?

Virginie est embarrassée. Elle ne peut lui révéler la vérité.

– Jean Béliveau était le joueur préféré de mon grand-père. J'ai supposé que ce pouvait être pareil pour vous.

La réponse ne satisfait pas entièrement monsieur Comtois. Que de mystère dans cette classe…

Manseau se penche vers Virginie.

– Désolé ! Une chance que tu es vite sur tes patins.

« Oui, songe Virginie. Une vraie Sarah Hoffman ! »

# Épilogue

Le sommeil est venu tard ce soir-là pour Virginie Vanelli. Le temps qu'elle mette en place, dans sa tête, toutes les pièces du casse-tête pour enfin déchiffrer son rêve. Couchée dans son lit, près de sa peluche aussi animée qu'un oreiller, elle lui livre le fruit de ses réflexions.

– Pas étonnant, Goki, qu'il n'y ait pas eu de lien entre mon rêve et ma vie de tous les jours... Ça s'est passé il y a très longtemps... C'est complètement fou!

Les paupières lourdes, elle ferme les yeux quelques secondes. En les rouvrant, elle émet un cri de surprise.

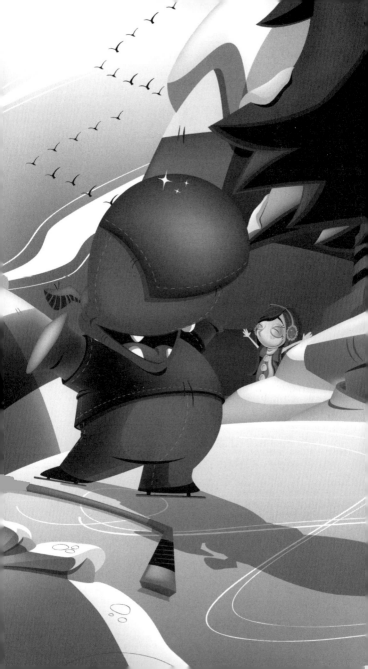

Elle est de retour sur le lac glacé. Au-dessus d'elle, une volée d'outardes forme deux lettres V dans un ciel bleu, comme pour lui souhaiter la bienvenue. Goki joue au hockey avec un bâton miniature et de petits patins. Il décrit l'action qui se déroule.

– Et voici Maurice Richard qui fonce vers le filet. Il déjoue un adversaire, un deuxième, un troisième, un dixième. Il lance et... cooompte! La foule est en délire. Écoutez-la, mesdames et messieurs.

Seule une corneille lui répond. Virginie assume la relève.

– Bravo! Vive Goki Richard!

L'hippopotame mauve la remercie. Il vole vers elle et flotte à la hauteur de son visage.

– Tu as été très courageuse de sauver Laurent. Sans toi, il n'y aurait probablement pas eu de Manon Comtois.

– Je n'en reviens pas, fait Virginie. Tout ça a eu lieu il y a au moins un demi-siècle. Ma mère n'était même pas née!

– Et pourtant, Laurent t'a reconnue, n'est-ce pas?

– Oui, mais si j'étais restée les bras croisés? Si j'étais demeurée à l'écart comme les autres? enchaîne-t-elle.

Goki s'éloigne lentement pour se poser sur les mailles du dessus du filet.

– Tu as agi comme tu le devais, c'est tout.

– Ce n'est pas une réponse, ça! proteste Virginie.

D'un geste, Goki met un terme à la joute verbale.

– Assez bavardé! J'ai une surprise pour toi. C'est un cadeau pour célébrer tes prouesses.

Un tourbillon enveloppe Virginie. Elle est persuadée qu'elle va se réveiller dans son lit. «Toute une surprise», ironise-t-elle.

Des gradins bondés de milliers de spectateurs poussent autour de la patinoire éclairée par de puissants faisceaux lumineux. Une immense toile se tend dans le ciel pour former le toit de ce gigantesque amphithéâtre. Une voix annonce au micro:

– Et au poste de défenseur, Virginie Vanelliiiiiiiiiiiiiiiiii!

Elle est sur le banc des joueurs. Goki l'invite à sauter sur la glace.

– Allez! On te réclame!

Une clameur assourdissante salue son entrée sur le jeu. Elle en frissonne de plaisir. Elle va se placer à la ligne bleue, à son poste. Tous les joueurs sont à leur position respective, attendant que l'arbitre effectue la mise en jeu.

– Eh! C'est le grand Laurent Comtois!

Le bras levé, sifflet à la bouche, l'arbitre Laurent retient sa main qui allait déposer la rondelle. Il vient d'apercevoir Manseau qui traverse la patinoire en courant en... sous-vêtements. Il est poursuivi par des policiers en uniforme. Il envoie la main à son amie en criant:

– Go, Virginie! Go!

Elle distingue aussi des hurle-ments qu'elle aurait préféré ne pas entendre.

– Chouuuu, Wir-gi-nie Wa-nel-li!

Elle en situe la provenance: le banc des… punitions! Tel un ours polaire dans un zoo un après-midi de canicule, le rustre Sylvestre est confiné à sa cage vitrée; il ne pourra pas s'amener sur la patinoire.

– Une punition de mauvaise conduite, hein, Sylvestre? raille-t-elle en éclatant de rire.

Un coup de sifflet retentit. Laurent ramène les joueurs à l'ordre. La partie peut débuter. Tout juste avant, une coéquipière s'approche de Virginie et lui fait un clin d'œil.

– Dès que j'ai la rondelle, je te l'envoie et tu montes jusqu'au but, d'accord?

La jeune fille réagit avec enthousiasme.

– Oui… je serai prête!

La joueuse retourne à sa position. Virginie jubile! Le numéro sur le chandail de sa coéquipière est le 47, et un nom y est écrit en grosses lettres noires: Hoffman!

Son cœur bondit d'excitation! Elle va disputer un match aux côtés de son idole! Son rêve devient réalité et elle en a pleinement conscience. «Ce que tu crois peut devenir ton monde…»

– Profites-en, Virginie! lui crie Goki, assis dans la foule et les pattes en porte-voix. Tu as toute la nuit!

## FIN

## MOT SUR L'AUTEUR

Si Alain M. Bergeron est vite sur ses patins quand vient le temps de publier des livres, il en va autrement sur la patinoire... Pour dire vrai, ses lames de rasoir sont plus aiguisées que celles de ses patins à glace. Dans ses rêves d'enfance, il aurait bien aimé devenir un autre Bobby Orr! Peine perdue. Ses prouesses sportives se sont limitées... au jeu de hockey sur table. Il se reconnaît dans le «talent» de sa Virginie Vanelli. Mais l'avantage pour elle, c'est qu'elle peut se transformer en Sarah Hoffman dès qu'elle ferme les yeux...

## MOT SUR L'ILLUSTRATRICE

Geneviève a toujours su patiner, que ce soit avec des patins à roues alignées ou des patins à glace. Un seul «petit» problème : elle n'a hélas jamais appris à freiner... ce qui lui a valu bien des atterrissages sur les fesses ! Contrairement à Virginie Vanelli, cependant, notre illustratrice n'est pas du genre à s'élancer sur les patinoires extérieures lors des froides journées d'hiver. Elle préfère de loin rester bien au chaud et rêver aux trois autres saisons de l'année... ou aux prochains personnages qui naîtront grâce à ses crayons et à son imaginaire coloré !

RIRE AUX ÉTOILES

## Série Virginie Vanelli

### Auteur : Alain M. Bergeron
### Illustratrice : Geneviève Couture

1. La clé des songes
2. La patinoire de rêve

## Série La fée Bidule

### Auteure : Marie-Hélène Vézina
### Illustrateur : Bruno St-Aubin

1. Méo en perd ses mots
2. Un boulanger dans le pétrin

**www.rireauxetoiles.ca**

# La Joyeuse maison hantée

## Mouk le monstre

Auteure : Martine Latulippe
Illustratrice : Paule Thibault

1. Mouk, en pièces détachées
4. Mouk, le cœur en morceaux
7. Mouk, à la conquête de Coralie

## Abrakadabra chat de sorcière

Auteur : Yvon Brochu
Illustratrice : Paule Thibault

2. La sorcière Makiavellina
5. La sorcière Griffellina
8. La sorcière Méli-Méla

## Frissella la fantôme

Auteur : Reynald Cantin
Illustratrice : Paule Thibault

3. Frissella frappe un mur
6. Frissella ne se voit plus aller
9. Frissellaaaahh !

www.joyeusemaisonhantee.ca